【注一】「玄」，原爲「元」，清爲避聖祖愛新覺羅・玄燁諱而改，民國修志時仍從之，現據文獻而改，後同。

密雲縣志卷三之一上

表一　沿革

時代	郡	州	縣	軍	衛
秦	均不詳				
漢			安陽　要陽　白檀　并屬漁陽郡　土垠　屬右北平郡　安市		
後漢			傂奚　漁陽　無終　并屬漁陽郡　白檀　屬右北平郡		
後魏	密雲　安樂　廣陽　提携	安州　屬安樂郡	密雲　白檀　要陽　并屬密雲郡		
北齊	安樂		密雲　安市　并屬安樂郡		
後周	安樂	玄州【注一】	密雲　屬安樂郡		
隋	安樂	檀州　屬安樂郡	燕樂　屬安樂郡		
唐	密雲　檀州		密雲　燕樂　并屬檀州郡		
宋	橫州	檀州　屬幽州		鎮遠	
遼		檀州	密雲　行唐　并屬檀州武威軍	武威	
金		檀州　屬中都路順州	密雲　屬檀州	興州節度軍	

	元	明	清	中華民國
	檀州 屬漷州	檀州 屬順天府		
興化 宜興 屬興州節度軍		密雲 屬昌平州	密雲 屬順天府北路廳	密雲 屬冀北道，現仍屬順天府
		密雲中衛 密雲後衛		

郡、上谷、漁陽、右北平、遼西、廣陽。《潛確類書》

後漢

傂奚縣，漁陽郡屬，隸幽州刺史。《後漢書》

白檀縣，在右北平郡。《續漢書》

曹公歷白檀，破烏桓於柳城。《三國志》

曹公令田疇爲鄉導，出徐無山。薛志注云即無終山，在漁陽縣西北四里。

晋

惠帝後，冀州、幽州并没於石勒。既爲慕容隽所據，復爲苻堅所滅。堅敗，復入慕容垂。摘《晋書·地理志》。

後魏

燕樂，隋縣，後魏於縣置廣陽郡。《唐書》

皇始二年，置密雲郡，治提携城，嶺縣三：密雲、〔注一〕真君九年，并方城屬焉。要陽、白檀。即郡治 自此以後，分割不可得而詳焉。《文獻通考》

元魏創密雲郡，兼置安州。《文獻通考》

北齊

舊安樂郡領安市、土垠二縣，後齊廢土垠入安市。《隋書》

密雲縣入安樂郡。後魏置密雲郡，領白檀、要陽、密雲。後齊廢郡及二縣入密雲。《隋書》

〔注一〕「密雲」，原脱，今據光緒《密雲縣志》補。

密雲縣志卷三之一下

沿革考

密雲縣在唐堯時屬冀州。虞舜時分冀州爲幽、并二州，屬幽州。夏省幽、并爲冀州，仍屬冀州；商、周仍之。春秋屬燕；戰國或爲燕，或爲趙。疆域舉不可得而詳。《書》：「流共工於幽州。」《史記》作「幽陵」。《括地志》：「幽陵，故龔城，在檀州燕樂縣界。」《文獻通考》：「顓帝之所建，帝嚳受之，創制九州，統領萬國，北至於幽陵。」幽州、幽陵是一是二，亦不可詳。郡縣初興，始於秦制，以是爲斷，庶足爲考時論世者之白茅、嚆矢焉。

秦

始皇二十六年，分趙地爲上谷、漁陽、北平。

《史記》

今漁陽、密雲皆是也。《文獻通考》

漢

漁陽郡領安樂、要陽、白檀三縣。《前漢書》

右北平郡領土垠縣。《前漢書》

漢武帝置十三州，幽州刺史領涿郡、渤海、代

後周

廢安市入密雲。《隋書》

後魏置密雲郡，兼置安州。後周改安州爲玄州。《文獻通考》

隋

開皇六年，徙玄州於漁陽郡。北平郡舊置平州，安樂郡舊置安州，檀州郡後周爲玄州，開皇十六年州徙，尋置檀州。《隋書》

隋徙玄州於漁陽，尋復於今郡置檀州。煬帝初，置安樂郡。《文獻通考》

檀州，後漢傂奚縣，屬漁陽郡。隋置安樂郡，割幽州燕樂、檀州二縣隸焉。《唐書》。按：《後漢書·地理志》無檀州即傂奚之語，且詳考其位置，傂奚當在密雲西南。密雲自稱傂奚者，乃沿用舊説之誤。

開皇初，廢後魏所置安樂郡，以密雲隸檀州。《隋書》

武德二年，改新置安樂郡爲檀州。《唐書》

唐

天寶元年，改隋檀州爲密雲郡。乾元元年，復爲檀州郡，領縣二：密雲、安樂。《文獻通考》

五代

晋高祖初起，割幽燕之地以遺契丹，迄漢、周及宋，皆不能取。《文獻通考》

宋

宣和四年，金人以州來歸，賜郡名曰「横山」，升鎮遠軍節度。七年，金復取之。《宋史》

遼

行唐縣，本定州行唐縣。太祖掠定州，破行唐，盡驅其民北至檀州，擇曠土居之，凡置十寨，仍名行唐縣。《遼史》

檀州武威軍統縣二：密雲、行唐。《遼史》

金

宣和七年，郭藥師以燕山叛，没於金。《文獻通考》

貞佑二年，僑置興州節度軍於密雲縣，領縣二：興化、舊有白檀鎮。宜興。即白檀鎮，入《金史》。

元

太祖十年，克燕，初爲燕京路，總管大興府。

世祖至元元年，中書省臣言，燕京分立省部，乞正名。遂改中都，其大興府仍舊。四年，始於中都

之東北置今城而遷都焉。九年，改大都。十九年，置留守司。二十一年，置大都路總管府，領縣六州十，漷州領香河、武清，順州，檀州，東安州，固安州。《元史》

明

即元檀州，後置縣，爲州治。洪武元年十一月，省縣入州。十二月復置縣，省州，屬順天府。《明史》

正德元年七月，升元昌平縣爲州，旋罷。八年，復升爲州，以密雲縣屬焉。《明史》

洪武五年，設密雲中衛於縣舊城。薛志

洪武十二年九月，置守禦千户所於古北口。

三十年，改爲密雲後衛。

清

并州省衛入密雲縣，屬順天府北路廳。

中華民國裁府、廳，置冀北道，密雲屬焉。然未實行，仍隸於順天府。

密雲縣志卷三之二

表二　職官

舊志職官一表，原係横經縱緯，眉目燦然。但等級尚多，非一表所能排列。任官年月，多不可考，更無年經月緯之可言，則頭緒既繁，篇頁遂夥。今除自漢迄元仍用横列外，明及前清悉改爲直下，以就簡易。

後漢	吴漢　安樂令
唐	韋宏機　檀州刺史
五代	李瓊　周安州防禦使 邊思退　周檀州刺史
宋	黄友　檀州通判
元	張素羽　重熙八年任檢校司空知檀州軍事 楊璉　知檀州 聶守節　知檀州 伯顔　檀州州同 崔克敬　檀州州判

明

總督

何棟字伯直，陝西長安人，進士，嘉靖三十年任總督薊遼保定軍務。

楊博字維約，山西蒲州人，進士，嘉靖三十一年任。

王忬字民應，南直隸太倉人，進士，嘉靖三十四年任。

許論字廷議，河南靈保人，進士，嘉靖三十九年任。

楊選字以功，山東章邱人，進士，嘉靖四十年任。

劉燾字仁甫，直隸天津人，進士，嘉靖四十二年任。

曹邦輔字以忠，山東定陶人，進士，隆慶元年任。

譚綸字宜詔，江西宜黃人，進士，隆慶二年任。

劉應節字子和，山東濰縣人，隆慶三年任。

楊兆字夢鏡，陝西膚施人，進士，隆慶五年

任。

梁夢龍字乾吉，直隸真定人，進士，萬曆六年任。

吴兑字君澤，浙江山陰人，進士，萬曆九年任。

周咏字司養，直隸延津人，進士，萬曆九年任。

張嘉胤字肖甫，四川銅梁人，進士，萬曆十一年任。

王一鶚字于萬，直隸曲周人，進士，萬曆十一年任。

張國彦，直隸邯鄲人，進士，萬曆十二年任。

蹇達字汝鎮，四川巴縣人，進士，萬曆十三年任。

邢玠，山東益都人，進士，萬曆十六年任。

郝杰字燕懷，山西蔚州人，進士，萬曆二十年任。

顧養謙字鎮仰，直隸通州人，進士，萬曆二十一年任。

孫鑛字文融，浙江餘姚人，進士，萬曆二十二

年任。

萬世德字伯修，進士，萬曆□年任。

王象乾，山東新城人，進士，萬曆□年任。

薛三才字仲儒，浙江定海人，進士，萬曆四十年任。

汪可受，湖廣黄梅人，進士，萬曆四十五年任。

文球，河南固始人，進士，萬曆四十七年任。

吴用先字體中，江南桐城人進士，天啓四年任。

王之臣字藎伯，陝西潼關衛人，進士，天啓五年任。

劉詔字漢若，河南開封人，進士，天啓七年任。

張鳳翼字九苞，山西代州人，進士，天啓七年任，崇禎三年重任。

喻安性字養初，浙江嵊縣人，進士，崇禎元年任。

劉策字范董，山東濟南人，進士，崇禎二年任。

任。

曹文衡字徽垣，河南唐縣人，進士，崇禎四年任。

閻鳴泰字協占，直隸清苑人，進士，崇禎五年任。

傅宗龍字括蒼，雲南昆明人，進士，崇禎六年任，謚「忠壯」。

丁魁楚字光三，河南永城人，進士，崇禎八年任。

張福臻字澹始，山東高密人，進士，崇禎九年任。

吴阿衡字隆微，河南裕州人，進士，崇禎十一年任。

趙光抃字石庵，江西德化人，進士，崇禎十一年任。

劉日俊，崇禎□年任。

王繼謨字純儒，陜西延安人，進士，崇禎十二年任。

王永吉，崇禎□年任。

以上見於舊志者，四十二人。

提督

孫禬字以誠，錦衣衛人，進士，官兵部左侍郎、都察院右僉都御史，嘉靖二十九年提督薊州軍務。

何楝，見總督表，嘉靖二十九年任，三十年改總督，遂不復設提督。

兵備道

姜永。

張璡，湖廣穀城人，進士。

錢承德，江南常熟人，進士。

何琛，四川成都人，進士。

以上并弘治年任。

朱瑬，廣西陽朔人，進士。

王玹，山西陽城人，進士。

羅恂，江西吉水人，進士。

以上并正德年任。

熊相，江西高安人，進士。

葉珩，福建莆田人，進士。

劉淑相，湖廣麻城人，進士。

陳大綱，甘肅慶陽人，進士。

陳嘉言，安徽六安人，進士。

裴騫，山西澤州人，進士。
谷高，陝西咸陽人，進士。
高金□，進士。
段續，山西陽曲人，進士。
喻智，安徽當塗人，進士。
沈師賢，浙江平湖人，進士。
徐汝珪，浙江淳安人，進士。
王誥，河南西平人，進士。
王輪，山東濮州人，進士。
孫國，直隸開州人，進士。
以上并嘉靖年任。

李蓁，河南祥符人，進士，仕至左布政。
汪浹，直隸天津人。
張子順，山東德州人，進士。
李尚智，山西屯留人，進士，仕至延綏巡撫。
盧鎰，陝西咸寧人，進士。
張學顏，直隸肥鄉人，進士，仕至太子太保、兵部尚書。
張守中，山西聞喜人，舉人，仕至延綏巡撫。
王一鶚，見總督表。

凌雲翼，江南太倉人，仕至南京兵部尚書。
王惟甯，陝西興平人，進士，仕至苑馬寺卿。
隨府，山東魚臺人，進士。
王之弼，陝西涇陽人，貢生。
以上并隆慶年任。
錢藻，江南如皋人，進士，萬曆二年任，仕至太僕寺卿。
徐節，山西臨汾人，進士。
翟繡裳，山西聞喜人，進士。
張崇謙，山西蒲州人，舉人。
郭四維，山東人，進士，仕至宣府巡撫。

高時，山東人，進士，萬曆十七年任。
王見賓，山東濟南人，萬曆十八年任。
項德楨，浙江秀水人，進士，萬曆二十六年任。
邊有猷，河南封邱人，進士，萬曆二十九年任。
張璞，四川閬中人，進士，萬曆二十九年任。
李養質，山西蒲州人，進士，萬曆四十一年任。

喻安性，浙江嵊縣人，進士，仕至順天巡撫。

馮汝京，江南宣城人，進士。

葉震生，山西聞喜人，進士，天啓三年任。

孫穀，湖廣華容人，天啓四年任。

張維世，河南太康人，進士，天啓六年任。

許如蘭，江南合肥人，進士，仕至巡撫。

孫止孝，山東濟南人，進士，崇禎三年任。

王宏祖，陝西同州人，進士，崇禎四年任。

馮師孔，河南原武人，進士，崇禎五年任。

高斗光，山東嘉祥人，進士，仕至延綏巡撫。

劉鎬，湖廣人，進士，崇禎八年任，仕至遼東巡撫。

黃裳吉，湖廣長沙人，舉人，崇禎十一年任。

馬成名，江南溧陽人，崇禎十一年任，仕至山東巡撫。

王則堯，山西翼城人，進士，仕至巡撫。

石啓明，浙江寧海人，貢生，崇禎十七年任。

户部分司

胡汝勵。

邊億，直隸任邱人。

黄閱古。
莊禩。
何士麟。
孫沔。
楊士魁。
王俸。
秦偉。
李暢。
李獻可。
王濟。

周崇義。
陳桓。
韓璒。
李淮。
鄭克和，福建人，成化十年任。
郁深。
費繼之。
劉燁然，直隸遵化人。
賈維春，福建人。
鄭漳，福建人。

鄭漳，福建人。
賈維春，福建人。
劉焯然，直隸遵化人。
費鑾之。
郁深。
鄭克和，福建人，成化十年任。
李準。
韓遜。
陳恒。
周崇義。

王濟。
李獻可。
李暢。
秦偉。
王偉。
楊士魁。
孫丙。
何士麟。
汪澤。
黃聞古。

李禄，山東人。
於敖，陝西人。
尹嗣忠，真隸真定人。
吴檄，江南桐城人。
倪祖，福建人。
毛秉鐸，福建人。
朱旒，河南信陽人。
李涵，直隸遷安人。
劉汝松，山東人。
劉欽順，湖廣人。

鄭觀，河南人，進士。
莊任春，福建人。
劉儒，河南汝陽人。
劉璜，遼東人。
劉素，直隸保定人。
林性之，福建人。
劉輔，雲南人。
侯珮，山東人。
牛恒，陝西人。
劉訓，河南人。

周至德，山東人。
郭學書，河南人。
張習，南京人。
邱瓚，京衛人。
李臨陽，雲南人。
任惟鈞，四川人。
王霽，湖廣人。
馬舄，山西人。
胡致和，山東人。
劉魯生，山東人。

馬濂，南京人。
劉廓，山東人。
楊君璽，京衛人。
閻光潛，山東人。
丁希孔，山東人。
李應元，河南人。
楊進道，直隸曲周人。
廖逢節，河南人。
張大業，山東人。
李長賡，□人，萬曆五年任。

梁綱，山西人。
任汝亮，山西人。
王以纁，直隸文安人。
侯國治，廣東人。
申嘉瑞，河南人。
王三錫，四川人。
戴燿，福建人。
邱應和，□人，萬曆三十二年任。
段承先，雲南人，進士。
梁祖齡，四川温江人。

周再勳，山西人，舉人。
陸騰蛟，□人。
吴暐，□人，萬曆四十五年任。
王維章，□人。
來復，四川閬中人。

通判

田甸，山東人。
汪湘，江南婺源人。
陳其愚，山東人。
劉岸，□人。

史篆，山西解州人。

盧經，湖廣人。

衛重鑑，山西陽城人。

陸進階，□人，萬曆三十二年任。

沈鳴霆，□人，萬曆三十五年任。

馮繼京，□人，萬曆四十年任。

知縣

唐忠，安徽含山人，洪武五年任。

謝彦文，洪武十一年任。

張鏵，正統五年任。

張琪，弘治七年任。

李彦成，弘治十七年任。

高賢，山西人，正德元年任。

邢良，河南人，正德二年任。

尹懋，陝西人，正德八年任。

王璧，山西人，正德九年任。

馮繼祖，陝西人，正德十一年任。

閻旗，山東人，正德十三年任。

崔良相，山東人，正德十五年任。

蔣清，安徽含山人，嘉靖元年任。

張淮，河南人，嘉靖三年任。
孫塘，河南人，嘉靖四年任。
朱鳳儀，山東人，嘉靖八年任。
尹天民，山東人，嘉靖十年任。
劉九思，直隸贛榆人，嘉靖十年任。
馬林，湖廣人，嘉靖十八年任。
楊璘，江西人，嘉靖二十年任。
袁膺薦，浙江人，嘉靖二十二年任。
陳秉綱，廣西人，嘉靖二十六年任。
徐麟，福建人，嘉靖二十九年任。

胡景暘，河南人，嘉靖三十年任。
張衷，湖廣人，嘉靖三十四年任。
徐輪，陝西人，嘉靖三十六年任。
江東，山東人，嘉靖三十八年任。
邢元徹，四川人，嘉靖四十三年任。
許希孟，河南人，隆慶二年任。
賈廉，河南人，隆慶二年任。
張思正，河南汝陽人，隆慶四年任。
邢玠，山東益都人，進士，隆慶五年任。
張世則，山東諸城人，進士，萬曆三年任，仕

至江西右參政。〔注一〕

趙坰，山東萊陽人，歲貢，萬曆八年任。

衛民望，山西翼城人，舉人，萬曆十一年任。

田勸，直隸穎川人，進士，萬曆十二年任，仕至户部主事。

王明，山西解州人，進士，萬曆十五年任，仕至山東道監察御史。

楊士鴻，山東禹城人，進士，萬曆十七年任，仕至刑科給事中。

康丕揚，山東陵縣人，萬曆二十二年任，仕至

陝西道監察御史。

王之都，山東新城人，乙未進士，萬曆二十七年任，仕至户部主事。

劉澤林，河南扶溝人，進士，萬曆三十年任，仕至刑部主事。

檀芳邃，山東汶上人，進士，萬曆三十二年任，仕至户部主事。

秦士文，山東蒙陰人，進士，萬曆三十五年任，仕至禮部主事。

徐光前，山東新泰人，進士，萬曆三十八年

〔注一〕「江」，原脱，今據《山東通志》補。

任。

尹同皋，山西興縣人，萬曆四十一年任，行取兵科給事中。

王之琦。

田生芝，湖廣麻城人，進士，萬曆四十七年任，欽取吏部。

王家楹，山西洪洞人，進士，天啓元年任。

王應泰，陝西人，進士，天啓四年任，欽取吏部。

張星，陝西人，進士，崇禎三年任。

荆作永，山西臨晋人，崇禎四年任，調取禮科給事中。

王應元，山西猗氏人，進士，崇禎七年任，取監察御史。

朱國翰，河南洛陽人，進士，崇禎十二年任，行取兵部主事。

漆園，江西新昌人，進士，崇禎十四年任。

孟明輔，河南祥符人，進士，崇禎十五年任，欽取禮科給事中。

按：舊志於學官、丞、尉，逐名列表，有

似同官録、題名簿，甚無謂也。夫自總督、提督以至兵備、分司、通判，考其廢置，以見時制之不同；縣令爲一縣宰治，人以地重，備載宜也。縣丞以下，其有治績可傳者，已具於政略中。自餘諸人，大都備員，求其詳備，轉滋訢病。今變例：明及前清俱斷至縣令而止，武職自提督斷至守備、旗員斷至協領而止。明有限制，非同武斷。

前清

總督

宋權字雨恭，河南商邱人，順治年任。後裁。

兵備道

蕭時彦，奉天鐵嶺人，舉人，順治元年任。

方大猷，浙江湖州人，進士。

衣惟孝，山東登州人，歲貢。

李應昌，奉天人。

劉應錫，奉天人。

許兆麟。

以上均順治年任。

户部分司

張繼曾，定興人，進士。
楊宗岱，山西安邑人，進士。
以上均順治年任。後裁。

工部分司

王秉仁，陝西三韓人，順治十年任，仕至倉場總督。
連國輔，陝西三韓人，康熙元年任。
李甲黄，山西潞安人，舉人，二年任。
壽以仁，浙江餘姚人，進士，六年任。
費。失名

索額爾圖。
衣。失名
胡。失名
托必泰，九年任。
傅達禮。
柏大里。
愛新泰。
常保。
辛。失名
克。失名

法保，十九年任。

巴克善，二十一年任。

納泰，二十二年任。

法。失名

巴圖。

吴。失名

齊十五，五十七年任，仕至内閣大學士。

洪。失名

劉繼祖，二十五年任。

圖大奈。

齊蘭布，三十二年任。

薩音布，三十三年任，仕至詹事府詹事。

達，失名三十四年任，仕至通政司主事。

禪齊布，三十五年任，刑部河南司郎中。

五十八，三十六年任，仕至廣善庫郎中。

達尚，三十七年任，仕至户部員外郎。

吴大鎔，三十八年任，仕至四川夔州府。

赫赫，三十九年任，仕至刑部員外郎。

陸坦，四十年任，仕至刑部員外郎。

圖巴海，四十一年任。

安達禮，四十二年任。
寶住，四十三年任。
噶禄，四十四年任。
李兆龍，四十五年任。
韓全，四十六年任。
何順，四十七年任。
僧保住，四十八年任。
羅米，四十九年任。
温普，五十年任。
倪堂哈，五十一年任。

陳有義，五十二年任。
雅住，五十三年任。
吴童保，五十四年任。
諾岷，五十五年任，仕至山西巡撫。
莫禮博，五十六年任。
博禮，五十七年任，仕至國子監祭酒。
何色，五十八年任。
薩思哈，五十九年任。
搭色，六十年任。
布爾賽，六十一年任。

蘇金泰，雍正元年任。
鄂喜，雍正二年任，以後裁。

驛傳道

松齡，鑲黃旗蒙古人，員外郎。
榮惠，正黃旗蒙古人，員外郎。
齡昌，鑲藍旗蒙古人，主事。
崇本，正紅旗滿州人，主事。
松鶴，鑲黃旗蒙古人，郎中。
德勝，鑲白旗蒙古人，員外郎，以後裁。

同知

張琳，奉天府廣甯城鑲藍旗人，康熙三十一年任。
祖允禧，鑲白旗人，三十五年任。
陳九鵬，鑲黃旗人，三十五年任。
趙宏揆，鑲紅旗人，三十八年任。
鄭富民，鑲紅旗人，四十六年任。
王績，正黃旗人，五十四年任。
趙坦，河南考城縣人，雍正元年任。
錫年，雍正年任。以後裁。

知縣

宋光賢，浙江山陰人，舉人，順治元年任，行取工部主事。

董成學，遼東寬甸人，監生，二年任，考選御史。

孫世爵，遼東人，貢生，四年任。

谷起雲。

劉志魁，山東臨清人，七年任。

馮源，山東人，進士，九年任。

孔貞銘，山東曲阜人，貢士，十四年任。

劉徹奇，山西人，舉人，十四年任。

劉應奇，十六年任。

張懷瑁，山西人，貢生，康熙二年任。

陳素抱，浙江人，舉人，五年任。

趙宏化，山西壽陽人，進士，六年任。

謝孝舉，湖廣沔陽人，貢生。

張元聲，山西襄陵人，舉人，二十年任。

華善，陝西三韓人，蔭生，二十一年任，仕至西安參領。

楊世奕，浙江人，二十三年任。

陳雋，廣東人，舉人，二十五年任。

孫國輔，陝西三韓人，三十三年任。
陳士銓，浙江山陰人，三十五年任。
惠周惕，江南蘇州人，辛未進士，由翰林改授，三十五年任。
鄭富民，見同知表，三十五年任。
周鉞，江南常州人，貢生，三十九年任。
王之琦，浙江紹興人，蔭生，四十二年任。
陳九睦，鑲黃旗人，四十八年任。
陳采，江南人，監生，五十年任。
朱英，湖廣漢陽人，監生，五十一年任。
薛天培，雲南建水人，乙未進士，五十八年任。
陳璋，浙江山陰人，乾隆十九年任。
李宣範，宣城人，道光年任。
李彤。
藍田，陝西人，道光八年任。
吴大彦，安徽涇縣人，監生，十七年任。
張進，安徽含山人，拔貢生，十七年任。
冉學詩，山東曹縣人，廪生，十八年任。
林安佐，浙江上虞人，世襲雲騎尉，十八年

任。
成芳，江蘇清河人，監生，十九年任。
許本銓，湖北天門人，拔貢生，十九年任。
白諳，山西太谷人，舉人，十九年任。
薛榮，陝西長安人，吏員，二十六年任。
王金相，山東莒縣人，進士，二十六年任。
謝蘭省，廣東英德人，進士，二十七年任。
陳壽昌，浙江山陰人，舉人，二十八年任。
楊贊襄，江西豐城人，進士，二十九年任。
劉鎧，甘肅武威人，進士，二十九年任。

吕圻，江西建昌人，進士，三十年任。
高驤雲，浙江山陰人，舉人，咸豐元年任。
李鏡瀛，湖南巴陵人，舉人，元年任。
王寶權，山東聊城人，進士，六年任。
張瀚，廣西焉平人，舉人，九年任。
蕭履中，河南祥符人，供事，同治元年任。
張鵬雲，奉天錦州人，優貢生，二年任。
厲能官，江蘇儀徵人，拔貢生，四年任。
陸以誠，江蘇上元人，監生，七年任。
唐鉞，浙江會稽人，吏員，八年任。

黄宗敬，山東蓬萊人，監生，十年任。
陶治安，浙江會稽人，吏員，光緒三年任。
陳嵋，山東蓬萊人，監生，五年任。
趙文粹，廣西永甯人，進士，同治十二年任，
光緒五年復任，大計卓异，候升。
鄭沂，山西人，舉人，北路廳同知，七年二月
兼任。
張鈺，江蘇儀徵人，附貢，七年二月任。
丁符九，江西德化人，由教諭保升，七年任。
潘爵，安徽人，□年任。

路振揚，陝西人，八年任。
璋格，正藍旗宗室，乾隆元年任。
德沛，鑲藍旗宗室，元年任。
瞻岱，正黄旗滿洲人，二年任。
永常，正白旗滿洲人，三年任。
黄廷桂，鑲紅旗漢軍人，五年任。
邵銓，六年任。
塞楞額，正白旗滿洲人，六年任。
保祝，鑲黄旗滿洲人，七年任。
馬璽拜，正白旗滿洲人，十年任。

黃宗敬，山東蓬萊人，監生，十年任。

陶浩安，浙江會稽人，吏員，光緒三年任。

陳嵋，山東蓬萊人，監生，五年任。

趙文梓，廣西永寧人，進士，同治十二年任，光緒五年復任，大計卓异，擢升。

鄭沂，山西人，舉人，北路廳同知，七年十二月兼任。

張鈺，江蘇儀徵人，附貢，七年二月任。

丁符九，江西德化人，由教諭保升，七年任。

潘霨，安徽人，□年任。

段謙，貴州大人，進士，□年任，十八年復任。

潘義容，湖北孝感人，拔貢，二十三年任。

徐國楨，安徽人，十六年任。

陳維藩，陝西安康人，十九年任。

郭以保，浙江紹興人，吏員，三十年任。

陸嘉藻，廣西人，由陸軍部主事改授，三十二年任。

郭廷謨，陝西人，進士，四十三年任。

張夢筆，四川巴州人，舉人，宣統元年任。

裘鏡蓉，江西大興人，年任。

索拜，鑲黄旗滿洲人，十二年任。
拉布敦，鑲黄旗滿洲人，十二年任。
滿福，鑲藍旗滿洲人，十三年任。
傅清，正黄旗滿洲人，十三年任。
李繩武，正黄旗漢軍人，十四年任。
潘紹周，陝西人，十四年任。
海亮，正黄旗滿洲人，十五年任。
布蘭泰，正白旗滿洲人，十六年任。
馬負書，鑲黄旗漢軍人，十七年任。
吴進義，十八年任。

王進泰，三十二年任。
曹瑞，三十八年任。
段秀林，三十八年任。
常青，四十二年任。
剛塔，四十七年任。
李奉堯，五十二年任。
慶成，正白旗漢軍，五十七年任。
愛星阿，嘉慶元年任。
阿迪斯，四年任。
特清額，四年任。

長齡，八年任。
范建豐，九年任。
薛大烈，九年任。
色克通阿，十一年任。
福長安，十三年任。
積拉堪，十五年任。
嘉明，正藍旗滿洲人，監生，十五年任。
毓秀，十八年任。
文甯，十八年任。
徐琨，十九年任。

楊芳，貴州松桃廳人，行伍，道光元年任。
武隆阿，正黄旗滿洲人，監生，三年任。
觀喜，五年任。
何占鰲，四川成都人，行伍，五年任。
海陵阿，六年任。
高騰龍，七年任。
胡超，四川長壽人，行伍，八年任。
齊慎，八年任。
薛陞，貴州畢節人，十二年任。
周悦盛，甘肅皋蘭人。

唐俸，十八年任。
劉允孝，十九年任。
長春，二十年任。
昌伊蘇，二十二年任。
陳金壽，四川岳池人，行伍，二十二年任。
保恒，二年任。
張殿元，直隸清苑人，行伍，三年任。
雙鋭，正白旗滿洲人，八年任。
國瑞，鑲藍旗宗室，六年任。
黄起鵬，正白旗漢軍人，六年任。

托明阿，八年任。
史榮椿，八年任。
樂善，九年任。
成保，十年任。
成明，十一年任。
崇厚，同治元年兼任。
寶山，元年任。
恒齡，二年任。
江長貴，二年任。
訥欽，湖北襄陽人，道光壬午科武舉，三年

任。

劉銘傳，三年任。

婁雲慶，六年任。

鄭魁士，六年任。

傅振邦，山東昌巴人，道光甲午科武舉、丙申進士，八年任。

郭松林，湖南人，行伍，光緒六年任。

李長樂，安徽人，行伍，七年任。

沈大鰲，二十一年任。

姜桂題，三十三年任。

游擊

董晏，駐石匣，即提標前營。

都司

王右彤，密雲城守營。

王端恭，古北口城守營。

李秀林，曹家營。

常麟，墻子路營。

以上俱同治年任。

守備

長福，實任。

王臣禮，署任石匣中軍。

駐防營

副都統

都爾嘉，正白旗滿洲人，乾隆四十年任。

恒山保，正黄旗滿洲人，四十九年任。

積善，正白旗蒙古人，四十九年任。

富昌，正白旗滿洲人，五十三年任。

觀音保，鑲黄旗滿洲人，五十七年任。

富善，鑲紅旗滿洲人，嘉慶二年任。

全福，正黄旗滿洲人，三年任。

永懿，鑲藍旗滿洲人，六年任。

孟住，正白旗滿洲人，九年任。

多益，正藍旗滿洲人，九年任。

達崇阿，正白旗滿洲人，十一年任。

佛蘭保，正黄旗滿洲人，十二年任。

朱勒恒，正黄旗滿洲人，十二年任。

雙喜，正白旗滿洲人，十二年任。

普薩保，鑲黄旗滿洲人，十四年任。

積拉堪，正紅旗滿洲人，十五年任。

玉秀，正紅旗滿洲人，十五年任。

多福，正紅旗滿洲人，十五年任。
策丹，正黃旗蒙古人，十七年任。
西淩阿，正黃旗滿洲人，二十一年任。
富清阿，鑲黃旗蒙古人，二十三年任。
福蔭，正紅旗滿洲人，二十四年任。
阿隆阿，鑲黃旗滿洲人，二十五年任。
松福，正白旗滿洲人，道光二年任。
興任，正黃旗蒙古人，四年任。
霍忠武，鑲黃旗滿洲人，八年任。
佈勒亨，正白旗滿洲人，八年任。

六十五，正藍旗漢軍，九年任。
那當阿，正黃旗漢軍，十年任。
恒格，鑲白旗漢軍，十年任。
特依順，正藍旗滿洲人，十七年任。
雙德，正藍旗滿洲人，十八年任。
德順，正白旗蒙古人，二十八年任。
禧恩，正白旗滿洲人，三十年任。
倫恭，正紅旗滿洲人，咸豐元年任。
扎拉芬，正黃旗滿洲人，四年任。
穆隆阿，鑲黃旗滿洲人，四年任。

劉鉦，正紅旗漢軍，四年任。
郭什訥，正藍旗滿洲人，五年任。
哈福那，正紅旗蒙古人，七年任。
博崇武，鑲藍旗滿洲人，八年任。
德興阿，正藍旗滿洲人，十一年任。
連成，正黄旗滿洲人，同治元年任。
德明，正藍旗蒙古人，五年任。
定安，正藍旗滿洲人，六年任。
景豐，鑲黄旗滿洲人，七年任。
濟禄，滿洲人，光緒六年由杭州將軍調補斯任。

信恪，蒙古人，二十六年任。
德麟，滿洲人，宣統元年任。

協領

德克德布，鑲黄旗滿洲人，同治年任。
恩沛，正紅旗蒙古人。
常陞，鑲黄旗滿洲人。
恒壽，鑲紅旗滿洲人。
格圖肯，滿洲人。
懷塔布，滿洲人。

懷塔布，滿洲人。
格圖肯，滿洲人。
恒壽，鑲紅旗滿洲人。
常陞，鑲黄旗滿洲人。
恩祐，正紅旗蒙古人。
德克德布，鑲黄旗滿洲人，同治年任。

協領

德麟，滿洲人，宣統元年任。
信格，蒙古人，二十六年任。
任。

濟祿，滿洲人，光緒六年由杭州將軍調補斯
景豐，鑲黄旗滿洲人，七年任。
定安，正藍旗滿洲人，六年任。
德明，正藍旗蒙古人，五年任。
連成，正黄旗滿洲人，同治元年任。
德興阿，正藍旗滿洲人，十一年任。
博崇武，鑲藍旗滿洲人，八年任。
哈福那，正紅旗蒙古人，七年任。
郭什訥，正藍旗滿洲人，五年任。
劉銓，正紅旗漢軍，四年任。

〔注一〕「表」，原漫漶不清，今據光緒《密雲縣志》補。

按：舊志於前朝職官謂「國朝舊制令裁者爲一表，〔注一〕現在額定者爲一表」，而於驛傳道、同知，仍列入額定之内，未免自乖義例。然兩官之裁，未詳何年，或當時尚未裁歟？

附職官廢置考

總督，明初遣重臣爲總督，巡視薊遼，間或稱提督。嘉靖二十九年，始置總督薊遼等處都御史，駐密雲，總轄順天、保定、遼東三巡撫，兼理糧餉。萬曆初，移鎮山海關。九年，兼巡撫順天等處。十一年，復移置密雲。至萬曆三十一年，從

總督楊博議，密雲咫尺陵寢、京師去石塘嶺、古北口、墻子路各不滿百里，總督軍門應該駐劄密雲，兵部議準，著爲例。

考異：《通志》列宋權「順天巡撫」内，云：「順天巡撫，順治初設，駐遵化。康熙初裁」。薛志列「總督」内，云：「自宋權任後，總督裁」。是否總督，不可考矣。

兵備道，明弘治九年置，駐薊州。十一年，移

駐密雲。清順治九年，改駐通州。十五年，改爲昌密道。康熙九年，改爲霸昌道。今駐劄昌平州，現已奉裁。

户部分司，明洪武十一年置。清順治九年裁，歸并薊州。

工部分司，清順治九年置，抽分木炭税。康熙二年，裁并本縣。六年，復置。專司或一滿、漢員，或一正二副，或一正一副，一年一代。今裁并本縣。

考异：薛志載王秉仁云「順治十年任」，復云「工部分司，順治十六年置」，殊不可曉。

驛傳道，康熙二十九年置，以理藩院司員掌之，駐古北口，兼理承德府屬鞍匠。屯紅旗營、十八里汰、坡賴村、王家營驛站。於光緒年間裁并霸昌道。

同知，康熙二十二年置，駐古北口。

通判，明嘉靖二十九年置管糧通判，列河間府下。今裁。

縣丞，明置。前清順治十六年裁，康熙三十

三年復置。駐石匣。

教諭，前清順治十八年裁，康熙十八年復置。

三年復置。駐石匣。

教諭，前清順治十八年裁，康熙十八年復置。

表三　人才

按：舊志往往列於進士表者，復見於舉人表，豈非駢枝？兹爲歸并，止注進士科分，并仿職官表改横爲縱，自宋迄明爲一表，前清爲一表，斷自貢生而止，不列捐職。惟舊志於貢生表，自光緒初年已多闕載；現學官奉裁，禮房文卷亦復散佚。抱殘守缺，遺憾實多，識者諒之。

宋

大學士

吴翰章，翰林院大學士。

元

同平章事

韓壽，世宗時同平章事。

明

進士

王昇，洪武□□科，官浙江秀水縣知縣。

王詔，成化辛酉科，官江西南昌府知府。

盧楫，正德戊辰科，官四川道御史。

張淮，正德丁丑科。

祝文冕，嘉靖丙戌科，官刑部主事。

孫汝翼，嘉靖己未科，官通政司參議。

李淳，官山西布政司參議。

仇仁，官監察御史。

官倫，弘治己未科，官雲南臨安府知府。

傅思堯，官山東高唐州知州。

以上文進士。

王家卿，甲戌科，官山東掌印都司。

翟從義，官石匣副將。

陶宗儀，辛未科，官遼東甯前衛協鎮。

陶永光，官河南領班都司、蘇鎮參將署都指揮。

范大韓，辛未科。

陶宗舜，官鎮羅營守備。

朱猶龍。

尹顯綸，癸未科，官山東文登道中軍。

談國政。

吴道泰，官總河中軍。

張永清，官都司。

以上武進士。

舉人

盧誠，景泰□科，官山西代州訓導。

杜時，景泰□科，官陝西華亭縣。

萬保，成化□科，官訓導。

高光宗，辛酉科，官山西永甯州。

祝希哲，丁卯科，官江南潁上縣。

劉餘澤，丙午科，官順天府治中。

孔廷謨，癸卯科，官江南石埭縣，降杭州府教授。

陳顒，官知縣。

盧旺，官山東德平縣。

高厚，官山東萊蕪縣。

單翺。

薛謙，官陝西邳州判官。

李詳，官山東布政司經歷。

田崇，官廣西按察司副使。

陶榮。

李傑，官浙江道御史。

李璣，官光禄寺主簿。

李寔，官湖北長陽縣。
李憲，官陝西鳳翔府通判。
李倉，官户部員外郎。
鄭體元。
以上文舉。
邢震。
田震雷。
張棟粱，官守備。
谷九皋，官渤海所提調、昌平守備、撫標中軍、古北口參將。

劉自安。
徐維讓，官密雲守備、鎮撫。
徐永壽，官甘肅總兵、太子太保。
以上武舉。
王繼祖，官薊州守備、建昌游擊、東路協守、副總兵。
毛忠，官巡撫中軍、建昌東路協守、副總兵。
王榮，官振武營、游擊。
王應歧，官寬佃谷提調、東路協守、副總兵。
王之宇，官大安口提調。

孫良相，官遵化守備、曹家路游擊、鎮羅營游擊。
邵勇，官古北口提調、遵化右營游擊。
孫詔，官三河守備。
毛紹忠，官永平守備、居庸關參將。
劉應麟，官大安口提調。
陳世爵，官黄岩口提調。
汪洪，官鎮羅營提調。
伊鏜，官曹家路、墻子路提調。
龔永昌，官鎮羅營提調。
朱維藩，官墻子路提調。

薛虎臣，官古北口提調。
郭祥，官吉家營提調。
靳舟，官黄花路參將。
祝琦，官遼陽石屯備禦、昌平守備。
倪堂，官大安口提調。
王佐才。
以上武科，皆蔭襲子弟及衛所幼官充選。

貢　生

孫藹，官户部主事。
李迪，官江南高郵縣主簿、工部主事。

于遠。
盧祥，官光禄寺署正。
田實，官江西南昌府。
張輔，官吏目。
盧用，官主簿。
顧詢，官縣丞。
王焕，官山西臨縣主簿。
馬善，官江南通州吏目。
魏晟，官山東費縣。
于瑾，官安徽壽州。

郭壛，官河南武安縣。
李通，官浙江義烏縣。
崔敬，官山西定襄縣縣丞。
玄榮，官山東沂州推官。
王景，官陜西金縣。
高瑀，官陜西涇陽縣。
龔榮，官山東沂州判官。
劉琛，官縣丞。
王振，官富峪衛經歷。
鄭瑄，官陜西韓城縣。

于達。
盧祥，官光祿寺署正。
田實，官江西南昌府。
張軸，官史目。
盧用，官主簿。
甯詢，官縣丞。
王煥，官山西臨縣主簿。
馬善，官江南通州吏目。
魏晟，官山東費縣。
于瑾，官安徽壽州。

郭爾，官河南武安縣。
李迪，官浙江義烏縣。
崔敏，官山西定襄縣縣丞。
紀榮，官山東沂州推官。
王景，官陝西金縣。
高廷，官陝西涇陽縣。
龔榮，官山東沂州判官。
劉琛，官縣丞。
王琳，官富峪衛經歷。
鄭宣，官陝西韓城縣。

韋宏，官四川石泉縣縣丞。

趙珩，官山西陽城縣縣丞。

玄圭，官江南潁上縣。

王鑄，官河南陝州判官。

尹通，官山西解州判官。

蘇震，官河南吏目。

李中，官騰驤衛經歷。

王寬，官江南沛縣主簿。

高林，官江南江陰縣縣丞。

韋清，官湖廣谷城縣主簿。

蔡祕。

張榮，官江西王府典寶。

張文，官山東文登縣縣丞。〔注一〕

梅青，官安樂縣吏目。

孟貞，官安富縣主簿。

李政，官山西澤州同知。

趙宣，官甘肅澤州府。

劉瑀。

王楨，官浙江海甯縣主簿。

萬寶，官浙江都司經歷。

〔注一〕「文官」，原脱，今據光緒《密雲縣志》補。

陳傑，官江南福興閘閘官。

許順。

曹正，官山東濟甯縣閘官。

趙翱，官江南常熟縣縣丞。

石清。

李實，官山西渾源州吏目。

李沿。

徐秉。

黃廷楝，官山東恩縣訓導。

劉鐸，官知縣。

孫魁，官山西澤州。

張信，官大同推官。

陳綸，官陝西同州。

張暹，官湖廣荆州府照磨。

鄭良，官直隸清苑縣縣丞。

玄繡，官江南府知事。

王杞，官山東登州府檢校。

張鼐，官山東青州府知事。

盧瀟。

吴灌。

許能。

高鑒。

王佑，官吏目。

謝讓，官吏目。

劉貞，官府知事。

劉屺，官鴻臚寺序班。

范友，官吏目。

高鉞，官全縣。

李傑。

田樸，官山西榆次縣縣丞。

陶逵，官山西府教授。

徐寶，官浙江西安縣縣丞。

田浩，官訓導。

盧朝宗，官訓導。

吴雄，官訓導。

徐延齡，官教授。

耿鸞，官教諭。

聶順，官經歷。

曹廣。

李澍，官陝西徽州判官。

曹琛，官漢中府照磨。
王瓚，官縣丞。
倪良。
田仁，官山西壽陽主簿。
孫填。
趙昺，官金華府知事。
李寶，官訓導。
王鐨，官訓導。
張汝遷，官教諭。
蔡傑，官山東萊州府照磨。

田松，官龍縣知縣。
王以賢。
朱進。
劉鳳，官山西訓導。
李仕。
王藎臣。
王以仁。
田柏，官河南温縣。
陶，失名官延安通判。
劉子龍，官山西渾源州學正。

劉萬里，官山東濟南府訓導。

王南山，官應天府溧水縣丞。

郭良翰。

王汝俸，官樂亭訓導。

劉廷珍，官河南密縣。

田杞，官訓導。

劉景榮，官山東大嵩衛經歷。

徐紹美，官上元主簿。

郭完，官山西太原縣丞。

田柱，官河南開封府教授。

王坤。

安仁，官山西文水縣。

周光先，官大名府教授。

杜學書，官濟陽訓導。

曹舜卿。

焦柱，官嘉定州同知。

田有慶，官河南商水縣。

工良卿，官知縣。

楊鼎，官陝西布政司知事。

周景新，官永平府教授。

杜讓，官陝西莊浪縣。
陶鎔，官河南汲縣主簿。
王胤德，官昌黎縣教諭。
王雲鵬，官山東長清訓導。
王慎言，官訓導。
馬士驥，官涞水訓導。
徐尚文。
陶鎧，官延長縣。
王志遠，官山東萊州府教授。
蕭文舉，官教諭。

徐可大，官兵部職方司員外郎。
高居爵，官肇慶府通判。
賀文魁。
杜幹，官河南王府長史。
何永嘉，官通判。
高世榮，官山東文登教諭。
陳藎。
王慎德，官訓導。
龐汝慎，官大名訓導。
鄭登榮，官任邱訓導。

鄭登榮，官任邱訓導。

龐汝慎，官大名訓導。

王慎德，官訓導。

陳藎。

高世榮，官山東文登教諭。

何永嘉，官通判。

杜梓，官河南王府長史。

賀文魁。

高居爵，官肇慶府通判。

徐可大，官兵部職方司員外郎。

蕭文學，官教諭。

王志遠，官山東萊州府教授。

閻鐩，官延長縣。

徐尚文。

馬士驥，官淶水訓導。

王慎言，官訓導。

王雲鵬，官山東長清訓導。

王胤德，官昌黎縣教諭。

陶鎔，官河南汲縣主簿。

杜謙，官陝西莊浪縣。

王慎思，官河南杞縣縣丞。
王瓊瑤。
馬雲龍，官滋縣縣丞。
孔道昌，官江南宿遷縣。
李茂華。
高世資，官阜城訓導。
張敏政，官江南安仁縣。
李秀實，官訓導。
徐俟化。
李鑄，實官湖廣黄岡縣。

以上密雲縣學貢生。
鄧宗魯，官雲南知縣。
朱俊，官懷慶府檢校。
官雲，官山東壽光縣。
黄大經。
林茂，官吏目。
毛紀，官肥城縣。
劉文明，官許州吏目。
王潤，官福建同安縣。
趙嘉訓，官主簿。

祝增，官刑部主事。
趙鼎，官主簿。
韓廷美，官浙江仁和主簿。
劉繼壽。
閻大化，官山西朔州學正。
仇愈，官廣西全州吏目。
劉景陽，官山西大甯縣。
胡瓚，官通判。
張金，官河南密縣。
杜思恭，官主簿，以軍功貢。

劉希賢，官主簿。
韓崇福，官蘇州府同知。
張舉，官湖廣鄖陽府照磨，以軍功貢。
方秉倫，官四川成都縣主簿，以軍功貢。
唐時雍。
劉天胤。
賈和。
祝天佑。
左桐，官山西浮山縣。
王業，官廣東東昌縣。

韓廷明，官山西交城縣。
趙應時，官山東剡縣縣丞。
邵大成。
王應魁，官山東文登縣。
龔先進，官鳳陽府通判。
胡士魁，官知縣。
張尚文，官主簿。
祝欽昊，官懷來衛教授。
柳二惠，官訓導。
龔宗道，官山西渾源州。

倪之稷，官六合縣。
胡潤，官肅縣。
馬維芳，官陝西韓城縣。
龔翼明，官户部員外郎。
梁廷輔，官主簿。
張國勳，官山西太平縣。
方瓚。
王儀，官山東甯海州判官。
浦昇，官縣丞。
袁忠，官雲南吏目。

高儀，官知縣。
盧信，官烏臺所吏目。
韓仁，官山東夏津縣丞。
俞德，官山東長清縣。
谷璽，官山東兖州府推官。
方禮，官主簿。
以上密雲後衛學。

清

進士

周樸，順治乙酉科舉人、丙戌科進士，官山東信陽縣知縣。

鄭遹元，順治甲子科舉人、己丑科進士。
鄭其心，順治己丑科，官山東萊州府知府。
邵自錦，嘉慶己未科，福建龍溪縣知縣、奉天府教授。
邵自鏻，嘉慶乙丑科，官山東金鄉縣知縣、濟甯州知州。
任式坊，咸豐癸丑科，官貴州安順府知府。
宗錦晨，原名晋源，光緒乙亥科舉人、壬辰科進士，官大名府教授。

以上文進士。

童維祚，康熙癸未科，官山東臨清州游擊。

田宗稷，康熙丙戌科，官金山衛守備。

胡貞吉，康熙乙未科。

胡兆吉，康熙甲午科舉人，雍正□□科進士。

甯檀，雍正癸卯科舉人、甲辰科進士，官湖廣荆州衛及甘肅安西衛守備。

蘇徽典，雍正丙午科舉人、庚戌科進士，官直隸建昌營都司。〔注一〕

穆成龍，咸豐辛酉科舉人，同治壬戌科進士，

官江南廣德營都司。

鴻文，同治甲子科舉人、戊辰科進士。

穆成虎，光緒丙子科，官衛守備。

以上武進士，舊志於中式科分多錯誤，今爲更正。

舉人

趙珩，順治辛卯科，官河南淇縣。

高躋，順治丁酉科，官浙江鄞縣。

南宫第，順治丁酉科，官湖廣桂東縣。

高溥，康熙壬午科，官知縣。

〔注一〕「司」，原誤作「同」，今據文意改。

楊聲遠，解元，官山東巡撫、漕運總督。
高雲漢，官廣西右布政。
王清標，雍正丙午科。
邵自鈞，乾隆壬子科，官廣昌縣教諭、候選知縣。
曹倬雲，嘉慶戊辰科，官教諭。
沈貽芳，道光戊子科。
甯琦，道光己亥科，官内閣中書、候選知府。
謝棠，道光癸卯科，官青縣教諭。
趙士英，咸豐乙卯科，官四川羅江縣知縣。

國文，咸豐戊午科，官甘肅鞏昌府知府。
茹錦，咸豐乙卯科。
陳之驤，光緒壬午科，改名清源，官廣東恩平縣知縣，充廣東補行。庚子、辛丑科鄉試同考官。
段升瀛，光緒戊子科。
馬純良，光緒戊子科。
甯權，光緒甲午科，官知縣。
陳鳴鑾，光緒甲午科，官江蘇通州直隸州州同。
宗慶煦，光緒甲午科，官昌黎縣教諭、候補知

縣。

朱天朗，光緒丁酉科。

余永祥，光緒壬寅年補行庚子、辛丑科，官甯晋縣教諭。

傅鳳鳴，光緒壬寅年補行庚子、辛丑科，官候補知縣，籤分山西。

以上文舉。

李鑣，官廣東衛守備。

邵興邦，官湖廣道州守備。

李國棟，丁酉科。

蔡志錦，庚子科。

烏爾棍布，道光乙酉科，官馬蘭鎮守備。

連級，咸豐戊午科。

以上武舉。

甯錫恩，高等實業學堂礦學專科畢業，光緒三十四年奏獎舉人，儘先補用知縣。

甯賡韶，順天高等學堂畢業，奏獎舉人，補用知縣，現署香河縣知事。

以上學堂畢業舉人。

貢生

何其宏，官長沙府同知。
向鳴聖，官河間府教授。
劉肇元。
高天叙。
周懋臣，官山東常山縣。
王君弼，官天津衛訓導。
何永晏，官陝西泰安縣。
王鼇瓚。
劉翊，官山東德州同知。
夏敬宗，官台州府通判。

薛雲龍，官清河縣訓導。
楊善高。
周永德。
王國胤。
王尚賓。
龔作肅。
魏景明。
唐之義。
杜琳，官内閣中書，轉户部員外郎，遷郎中。
曹文郁。

王丕揚。
閻際亨。
徐有德，官知縣。
張國隆，官海州同知。
韓國隆，官山東茌平縣。
龔蕃錫，官安徽徽州。
邵殿邦，官福建知縣。
婁聚奎，官雲南和曲州。
王純，官福建知縣。
劉天一，官沙河訓導。

張國猷，官翰林院孔目。
許維新，官福建閩縣縣丞。
王廷棟。
高第，官阜城訓導。
馬應獬。
馬方坤，官静海訓導、故城教諭。
楊遴魁，官薇縣訓導。
周焌。
吴士俊，壬子拔貢，官湖廣長沙縣。
王大任。

徐成己。

楊星。

周晟。

劉宗元。

高雲路。

向時鳴。

周之富。

李桂芳，官四川蒼溪縣。

陳元。

楊善長。

榮聯芳。

焦洪基。

蔣杲。

王紀。

汪躍龍。

齊芳。

李永清。

張二鳳。

田樺，官正定訓導。

高有椒。

高有敏。

田華，官正定訓導。

張三鳳。

李永清。

齊芳。

汪躍龍。

王紀。

蔣泉。

焦洪基。

柴聯芳。

楊錫良。

陳元。

李桂芳，官四川蒼溪縣。

周之富。

向崢鳴。

高雲路。

劉宗元。

周晟。

楊星。

徐成己。

王士秀。

張德善。

梁一灝。

南金品。

魏欽明，官知縣。

謝椿。

揣正心，官教諭。

以上縣、衛不詳。

周熑，康熙三十一年貢。

趙文美，三十七年貢。

陶圻，三十九年貢。

尹銓，四十年貢。

李蕡。

楊廷錦，四十三年貢。

周焞，四十五年貢。

向陽，四十七年貢。

孔桂元，四十七年貢。

王瑜，四十九年貢。

童樸，四十九年貢。

王有謨，五十一年貢。

張文昇，五十三年貢。

侯維藩，五十七年貢。

陳其學，五十九年貢。

高國鼎，六十年貢。

郭丹鳳，六十一年貢。

李士悦，六十一年貢。

魏景明，雍正元年癸卯科拔貢。

武登甲，乾隆癸酉科拔貢，武英殿供奉，官山西代州。

王丕顯。

傅彩，乾隆年拔貢，官教諭。

傅培植，乾隆年歲貢，官雄縣訓導、定州學正。

任毓麟，嘉慶丙辰歲貢，官廣平府訓導。

王言，嘉慶辛酉科拔貢。

傅鵬翥，官肅甯縣訓導。

任百勳，嘉慶癸酉科拔貢，官山西布政司經歷，遷渾源州知州。

陳湧，道光二年歲貢，候選訓導。

王鈞，道光乙酉科拔貢。

邵樹德，歲貢，候選教諭。
傅連魁，官靈壽縣訓導。
王懷仁。
傅湘。
傅紳。
王燮。
王敦仁。
武偉，同治元年貢，候選訓導。
甯謙。
甯升。

甯彝。
甯鴻量。
甯光翰。
甯光裕。
甯質。
甯忠。
高文綺。
宗晋源，同治癸酉科拔貢，見進士表。
宗慶煦，光緒乙酉科拔貢、本科副貢，見舉人表。

宗慶頤，光緒乙酉科拔貢，本科副貢，見舉人表。

宗晋源，同治癸酉科拔貢，見進士表。

高文錦。

甯忠。

甯賀。

甯光裕。

甯光翰。

甯鴻量。

甯彝。

甯升。

甯謙。

武偉，同治元年貢，候選訓導。

王敏仁。

王變。

傅紳。

傅湘。

王懷仁。

傅運魁，官靈壽縣訓導。

邵樹德，歲貢，候選教諭。

姜玉振，光緒十四年歲貢，官大名縣訓導。
侯勳，歲貢，官奉天岫岩州訓導。
姜憲，光緒十七年歲貢，官江西廣昌縣典史。
甯瑃，官河南新蔡縣知縣。
趙達邦。
高文蔚。
樊嶸。
邵長清。
李文翰，光緒丁亥優貢，朝考一等，官無爲州知州。

吴家鼎，光緒十二年歲貢。
武錦，歲貢，補行庚子、辛丑科鄉試謄録，議敘鹽大使。
李永清。
李文龍。
甯世恩，官無極縣教諭。
宋瑞溶。
傅鳳鳴，光緒丁酉科拔貢，見舉人表。
吴汝霖，宣統己酉科加額拔貢。
甯佩經，宣統己酉科加額拔貢，候選直隸州判。

以上縣學貢生。
韓瓚祖，康熙三十一年貢。
高輔乾，三十三年貢。
馬琤，三十五年貢。
周瑋，三十五年貢。
高近宸，三十七年貢。
張星，三十七年戊寅科拔貢。
鄭康孫，三十九年貢。
南恒立，四十一年貢。
蔣宏化，四十三年貢。

高暐，四十五年貢。
劉子淵，四十七年貢。
李蔚，四十七年貢。
王鉞，四十九年貢。
方岱，五十一年貢。
錢萬選，五十三年貢。
楊溥，五十五年貢。
蔣宏治，五十七年貢。
林聘，五十九年貢。
楊翥，五十九年貢。

陳璣，六十一年貢。
高超，六十一年貢。
王清標，雍正元年癸卯拔貢。
王珩，嘉慶年拔貢。
邵樹德，歲貢，候選教諭。
任樹德。
黄康孫。
邵葆謙，道光己酉科拔貢，候選教諭。
邵葆辰，官州判。
邵葆恩。

邵樹基。
邵樹堅。
任家瑜，咸豐十一年辛酉拔貢，官滿城訓導。
趙承瀚，官訓導。
高承訓，同治元年貢。
辛錦，歲貢，候選訓導。
趙承烈，同治二年貢。
田振泗，恩貢，候選訓導。
張振燕，同治癸酉科拔貢。
蔡麟，歲貢。

王藎臣，歲貢。
鮮俊賢，光緒乙酉科拔貢。
余永祥，丁酉科拔貢，見舉人表。
侯祖基，宣統己酉科加額拔貢。
賈文彬，宣統己酉科加額拔貢。
以上衛學貢生。